Nous remercions le Conseil des Arts du Canada,
le ministère du Patrimoine canadien et la SODEC
de l'aide accordée à notre programme de publication.

Le Conseil des Arts du Canada | The Canada Council
DU CANADA | FOR THE ARTS
DEPUIS 1957 | SINCE 1957

Patrimoine   Canadian
canadien   Heritage

SODEC
Québec ⠿

Illustration de la couverture
et illustrations intérieures :
Sampar

Édition électronique :
Infographie DN

DANGER
LE
PHOTOCOPILLAGE
TUE LE LIVRE

Dépôt légal : 4e trimestre 1999
Bibliothèque nationale du Canada
Bibliothèque nationale du Québec

123456789 AGMV 05432109

OÙ SONT MES PARENTS?

**DU MÊME AUTEUR
AUX ÉDITIONS PIERRE TISSEYRE**

Collection Papillon

Cendrillé, roman, 1997.

CHEZ SOULIÈRES ÉDITEUR

La vie drôle et secrète du père Noël, roman, 1998.
L'Arbre de Joie, roman, 1999.
C'était le 8 août, roman, 1999.

Données de catalogage avant publication (Canada)

Bergeron, Alain M., 1957-

  Où sont mes parents?

  (Collection Sésame; 17)
  Pour les jeunes.

  ISBN 2-89051-751-9

  I. Titre II. Collection.

PS8553.E674O9 1999 jC843'.54 C99-941350-3
PS9553.E674O9 1999
PZ23.B47Ou 1999

ALAIN M. BERGERON

OÙ SONT mes parents?

roman

**ÉDITIONS
PIERRE TISSEYRE**

5757, rue Cypihot, Saint-Laurent (Québec) H4S 1R3
Téléphone: (514) 334-2690 – Télécopieur: (514) 334-8395
http://ed.tisseyre.qc.ca
Courriel: info@ed.tisseyre.qc.ca

1

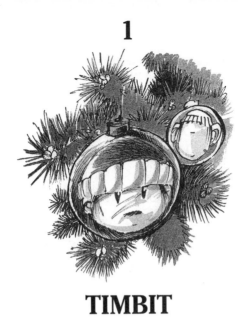

TIMBIT

*P*etit papa Noël,
quand tu descendras du ciel,
avec tes jouets par milliers,
n'oublie pas mon petit soulier.
Mais avant de partir,
il faudra bien te couvrir.
Dehors, tu vas avoir si froid.
C'est un peu à cause de moi.

Voilà, j'ai chanté ma chanson au père Noël. Je suis assis sur ses genoux. Même s'il fait Ho! Ho! Ho! et même si l'oreiller qui lui sert de gros ventre rebondit chaque fois, je sais que ce n'est pas celui qui descend du ciel avec ses jouets par milliers : il a une vraie grosse moustache noire sous sa fausse barbe blanche. C'est le père Noël du centre commercial.

— Quel est ton prénom, mon grand garçon ?

Le père Noël, le vrai, celui du pôle Nord qu'on ne voit jamais, connaît le prénom de tous les enfants. Mais je lui réponds quand même. Avec ses yeux clairs comme maman, il a l'air gentil, plus en tout cas que celui de l'an dernier. Celui-là avait perdu le nord. Avant de donner un cadeau, il posait une question d'habileté aux enfants :

$5 + 4 - 2 \times 3$ font... j'ai oublié le résultat et ça m'est bien égal.

Il a été remplacé par celui qui nous demande maintenant de chanter une chanson et de dire notre prénom.

— Je m'appelle Timothée.

Mes amis, Alexandre et Anthony, me surnomment «Timbit», pour me taquiner, parce que je suis plus grand qu'eux. Pas beaucoup, mais juste assez pour qu'ils soient obligés de lever un peu les yeux pour regarder dans les miens lorsqu'ils me parlent.

J'ai une petite sœur d'un an, Marilou. Elle hurle la nuit quand j'essaie de dormir, et dort le jour quand j'essaie d'étudier à l'école. Elle est un peu trop jeune pour comprendre la fête de Noël. Quant au père Noël, lui-même, c'est la crise chaque fois qu'elle le voit...

de loin! Son système de larmes est efficace. Mes parents ont tout essayé. Mais après l'avoir entendue hurler cinq minutes sur les genoux du pauvre père Noël, ils ont compris qu'il était inutile d'insister.

On a un souvenir de cet épisode à la maison: la photographie montre le père Noël tout en sueur et Marilou, la bouche béante, toute rose. Heureusement, il n'y a pas de son sur la photo, sinon il faudrait se boucher les oreilles pour la regarder en paix!

Marilou porte à sa bouche tout ce qu'on lui donne, surtout quand ce n'est pas de la nourriture et que ça se trouve sur le plancher. Il faudra que son cadeau ait un goût génial!

Le prénom de mon père est Nicolas. C'est facile à retenir. Il m'appelle son petit homme. Moi, je l'appelle mon grand homme, parce

qu'il est beaucoup plus grand que moi. C'est presque un géant. Il m'a dit l'an dernier qu'il mesurait un mètre quatre-vingts. Il doit sûrement atteindre aujourd'hui un mètre quatre-vingt-dix au moins.

Ma mère, c'est Annie. Je suis son petit trésor, elle est mon grand trésor. Elle est un peu plus petite que papa, mais plus grande que moi. Non mais…

Je la trouve très belle, plus que papa, c'est sûr ! Quand elle m'embrasse, ça me fait tout chaud au cœur. Ses joues sont si douces et elle sent tellement bon. Papa, lui, donne des bisous qui piquent, à cause de sa barbe. Mais c'est pas grave : je l'aime quand même.

En parlant de barbe…

— Et qu'aimerais-tu recevoir comme cadeau à Noël, mon Timothée ? demande le père Noël.

— Je n'ai pas été tous les jours bien sage, mais quand même assez pour demander un train électrique, c'est sûr. Mais ce n'est pas pour ça que je suis ici.

Surtout que du haut de mes huit ans, je commence à être un peu vieux pour le père Noël. Mais il paraît content de me voir. Comme ce n'est pas tous les jours Noël, je ne lui gâcherai pas son plaisir.

— Ah non? dit le père Noël.

— Monsieur le père Noël, avez-vous vu mes parents? Ils se sont perdus dans le centre commercial. J'espère qu'ils n'ont pas trop peur. Ils doivent être dans leurs petits souliers.

2

PORTRAIT-ROBOT

Je suis assis, seul, sur un banc, tout près du magasin avec un grand « M » en rouge, au-dessus de l'entrée. C'est là que j'ai vu mes parents pour la dernière fois. Ils semblaient intéressés par une souffleuse à neige. En fait, mon père essayait de convaincre ma mère de l'utilité et de la nécessité d'un tel engin à la maison. Il travaillait encore plus fort que le vendeur à ses côtés.

Ma mère, hochant la tête, lui signalait que «non, non et non, il n'en est pas question!» Et elle lui a remis une belle pelle neuve, garantie trois hivers ou trente bordées de neige. Ça devait être le cadeau de Noël de mon père. Mais il n'était pas emballé. Pas plus lui que le cadeau!

Mon père s'est emparé de la pelle avec un visage identique au mien quand ma marraine m'a donné, Noël passé, un pyjama avec des oreilles de lapin… Puis il a grimacé en se frottant le bras et le dos. Chaque pelletée de neige imaginaire était imitée, bien sûr, par le vendeur. S'essuyant le front, les deux hommes voulaient faire comprendre à ma mère que c'est moins essoufflant d'enlever la neige avec une souffleuse.

Mon père s'était même porté volontaire pour faire une démonstration à l'extérieur sur un pauvre banc de neige. Mais rien à faire. Ma mère tenait bon et les rêves de mon père fondaient comme neige au soleil.

Pendant qu'ils discutaient ferme, j'ai aperçu mon ami Alex. J'ai été le voir quelques instants, à peine dix petites minutes. Quand je suis retourné devant le magasin avec le grand « M », mes parents n'y étaient plus. Où étaient-ils passés ? La souffleuse à neige était toujours au même endroit, mais il n'y avait plus de papa pour faire semblant de la démarrer ou de maman pour le tirer par la manche. Juste un vendeur, à l'air marabout, malgré une pelle en moins.

C'est un peu à cause de moi. J'aurais dû les avertir de ne pas bouger de l'endroit où ils étaient, que je pourrais ainsi les retrouver plus facilement. C'est ma professeure de deuxième année à l'école André-Fortin, Solange Daneau-Campagne, qui nous l'a appris. Probablement que mes parents n'ont pas fréquenté l'école assez longtemps!

Dans leur temps, pour retrouver leur chemin, ils devaient sûrement semer des petits cailloux derrière eux. Je n'en ai pas vu alignés sur le plancher du centre commercial. Pas plus que des petits morceaux de pain. Ils auraient pu me conduire jusqu'à eux.

Et si un enfant affamé avait avalé les petits pains? Pas les cailloux... il aurait eu des pierres sur l'estomac. Mais il y a pire encore. Une sorcière pourrait avoir enlevé mes parents pour les engraisser et les manger le soir du Réveillon avec de la farce et des atocas, comme dans le conte de Hansel et Gretel.

Qu'est-ce que je dis là ? C'est impossible : les sorcières ont disparu en même temps que les dinosaures.

De toute façon, je suis allé vérifier au magasin de bonbons et la vendeuse n'a rien d'une sorcière. Elle est même très belle. Je l'ai encouragée en lui achetant quelques caramels. Ma mère m'a donné cinq pièces de un dollar avant de partir. Il m'en reste quatre.

Ça ne fait pas de bruit, manger des caramels. Je peux me permettre d'en déguster un, et de tendre l'oreille au cas où mes parents crieraient. Je n'entends rien d'autre que la musique de Noël diffusée par le haut-parleur dans le plafond. Alors, je chante à mon tour pour me donner du courage:

Vive le vent. Vive le vent.
    Vive le vent d'hiver…
qui s'en va, soufflant, sifflant,
    dans les grands sapins verts.
Oh! Vive le vent. Vive le vent.
    Vive le vent d'hiver.
Boule de neige et jour de l'An
    et Bonne Année grand-mère.

Je suis assez courageux maintenant. Mais on ne chante pas bien avec un caramel dans la bouche.

J'essaie de me souvenir des vêtements de mes parents, si par hasard je suis obligé de faire leur description à la police pour un portrait-robot…

Mon père a mis son affreux chandail rayé noir et blanc dans le sens de la hauteur, comme un arbitre au hockey, le sifflet en moins. Ma mère le lui a confisqué parce qu'il soufflait tout le temps dedans.

Ma mère, elle, porte son parfum qui sent bon, et son doux gilet de laine, blanc comme la neige, avec, comme motif, un beau sapin, roi des forêts. Elle est tellement fière de l'avoir tricoté elle-même, une maille à l'envers, une maille à l'endroit.

J'espère qu'ils n'oublieront pas que j'ai mon blouson en coton ouaté gris, avec mes pantalons de jogging assortis et mes bottes de sept lieues tellement elles sont grandes.

On n'a pas nos manteaux sur le dos ; on les a laissés au vestiaire. La dame nous a remis un coupon avec plein de chiffres. Je pensais que c'était pour un tirage. C'est plutôt pour reconnaître nos manteaux quand on reviendra les chercher à la fin de la journée.

Je regarde ma montre ; il est presque onze heures. On est arrivés ici vers dix heures. Un peu avant, en ce beau jour de dimanche, on a laissé Marilou, cet enfant si doux, dans les bras de mamie, et on s'est rendus, les trois plus grands, au centre commercial. Il est très grand le centre commercial. Et très populaire ! Tout le monde s'est donné le mot pour faire ses emplettes à la dernière minute.

Ça nous a pris un temps fou pour garer la voiture. Le stationnement est bondé. Même les espaces pour les personnes handicapées sont occupés par des gens qui ne le sont pas. Mon père n'arrêtait pas de tourner en rond – et ma mère qui s'impatientait – lorsqu'une place s'est enfin libérée. Il a devancé de justesse un type, qui lui a klaxonné des insultes.

Paix aux hommes de bonne volonté…

Je consulte le plan affiché sur un présentoir. C'est écrit « *140 magasins pour mieux vous servir* ». Cent quarante magasins pour mieux vous perdre, ouais! Mes parents ont réussi l'exploit en moins de trente minutes. Ça doit être un record. Et il a fallu qu'ils le battent aujourd'hui!

Mon index s'appuie sur un grand X portant l'inscription « *Vous êtes ici* ». Mais mes parents ne sont pas là!

3

LES PARENTS
OUBLIÉS

J'imagine mes parents, dans le coin d'un magasin, en train de pleurer, tout seuls. Peut-être que de méchants lutins veulent les attirer en leur offrant des bonbons. Puis ils les emballent et les déposent dans des bas de Noël accrochés à une cheminée, avec un chou sur la tête.

J'ai le cœur qui bat à mille tours à la minute en songeant qu'ils pourraient atterrir chez de méchants enfants qui leur demanderaient de coller leur langue sur un poteau, juste pour voir. Quelle mauvaise blague… C'est vrai que mes parents ne sont pas toujours un cadeau, mais quand même!

J'entends une autre chanson de Noël qui me fait penser à eux et qui me rend triste:

Les parents oubliés
traînent dans les rues,
sans but et au hasard…
Ils ont froid, ils ont faim.
Ils sont presque nus…

Presque nus! Je dois les retrouver vite avant qu'ils ne le soient complètement!

Il n'y a même pas d'affiche Enfants-Secours dans les cent

quarante magasins. Du moins, s'il y en avait, ils pourraient tomber sur quelqu'un d'aimable et de charitable pour les aider !

J'ai bien envie de me plaindre à la direction. Si on ne peut plus laisser les adultes seuls une minute sans qu'ils s'égarent, où s'en va-t-on ? Et où s'en vont-ils ? Mais avant, je dois chercher mes parents qui errent à l'aventure dans le centre commercial.

Pourvu qu'ils ne parlent pas à des étrangers. Je les connais : ils sont naïfs. Ils font confiance à tout le monde. Il suffit qu'un enfant s'approche pour qu'ils s'adressent à lui immédiatement ! Ma mère est terrible sur ce sujet, encore pire que mon père. Non mais…

La voix d'une dame sort du plafond :

«Timothée Tremblay, tes parents sont à ta recherche. Ils sont au kiosque d'information, dans l'allée centrale.»

Et le chant mélodieux des *Anges dans nos campagnes* commence :

> *Les anges dans nos campagnes*
> *ont entonné l'hymne des cieux.*
> *Et l'écho de nos montagnes*
> *redit ce chant mélodieux…*

Là, c'est ma partie préférée et j'y vais avec entrain :

> *Glooooooooria !*
> *Ninexercicedéoooo.*

J'y pense. Timothée Tremblay… Quelle coïncidence tout de même ! Un autre garçon porte le même nom que moi. La seule différence, c'est que lui, il est perdu, tandis que moi, ce sont mes parents qui se sont égarés.

Toutes ces émotions ont creusé un gouffre dans mon estomac. Ce n'est pas un caramel qui va le remplir. J'ai faim. Je vais manger au restaurant, en face. Je demande à la serveuse :

— Un grand verre de lait froid et un morceau de bûche de Noël, s'il vous plaît, madame.

— Oui, mon grand, ça ne sera pas long.

Elle paraît me connaître… C'est vrai que le monde est petit, même chez les grands.

Là, je me sens un peu mieux. La serveuse du restaurant a ri quand je lui ai raconté que, la première fois que j'ai mangé de la bûche de Noël, je craignais d'avoir des échardes sur la langue.

Je poursuis mes recherches. Je passe près de l'hélicoptère du père Noël. Je sais bien que ce n'est pas un vrai. L'appareil est tiré par… quatre petits rennes! J'aimerais bien qu'on m'explique… Et puis, il n'a pas de roteur… de retour… de petite hélice au bout de sa queue. Je suis trop grand pour grimper là-dedans. Mes genoux touchent mon menton. Tous les enfants savent que c'est un manège pour faire patienter les grandes personnes. Elles regardent leurs enfants tourner, monter et descendre, et ont bien du plaisir.

Un petit garçon y est assis. Il paraît s'ennuyer. En me voyant approcher, il me lance:

— L'hélicoptère est brisé... C'est mon père qui me l'a dit.

— Eh oui! C'est dommage, mon garçon, note le père en hochant la tête.

J'en suis surpris. Je glisse une pièce de vingt-cinq sous dans la fente. J'appuie sur le bouton vert. Ho! Ho! Ho! L'engin décolle. Le petit garçon crie sa joie.

— Ça marche, papa! Oh-di-hop, oh-di-hop... Ohé! Encore! Encore!

Son père, lui, bougonne et me jette un regard de glace en fouillant dans ses poches de pantalon. Quoi? J'ai fait quelque chose de mal?

4

LE BONHOMME
SEPT HEURES

Midi trente à ma montre. Je suis de à nouveau assis sur un banc, à l'autre extrémité du centre commercial. J'ai marché pendant une quinzaine de minutes. Il y a beaucoup, beaucoup de monde avec, dans les bras, beaucoup, beaucoup de cadeaux… mais toujours pas de parents à l'horizon! Je suis de plus en plus inquiet. Je souhaite les retrouver avant la fermeture des magasins…

J'ose aller voir dans une boutique de vêtements pour dames. Ma mère y fait régulièrement ses achats. C'est très gênant. Quand je passe devant le rayon de la « lingerie féminine », comme dit mon père, je baisse les yeux. Je comprends pourquoi mon père préfère rester à l'entrée pour attendre ma mère. Ni l'un ni l'autre n'y est.

Avant de quitter les lieux, je vérifie dans les cabines d'essayage. Au cas où… Finalement, il n'y a qu'une seule dame qui a crié en me voyant tirer le rideau. Une autre m'a souri. Une troisième ne s'en est pas rendu compte. Elle était en train d'enfiler une robe… C'est vrai qu'un rideau tiré, ça fait moins de bruit qu'une porte qui claque. Mais j'y songe, j'ai oublié de refermer le rideau avant de partir du magasin…

Je me promène dans les allées. Un homme qui a à peu près l'âge de mon père me colle aux talons. Je sais qu'il me suit parce que chaque fois que je me retourne, je surprends son regard posé sur moi. Je l'ai remarqué pour la première fois dans la salle des toilettes, avec son chapeau, sa canne et son foulard. Il n'a pas l'air méchant. Peut-être est-il perdu. Peut-être cherche-t-il son petit garçon, lui aussi…

En plein hiver, alors que dehors on tremble de froid, l'homme s'achète un cornet de crème glacée au chocolat. Il n'est pas frileux, c'est le moins qu'on puisse dire! Il fredonne *Au royaume du Bonhomme hiver,* mais il ressemble plus au bonhomme sept heures! Il me donne froid dans le dos.

Écoutez les clochettes
du joyeux temps des Fêtes
annonçant la joie
de chaque cœur qui bat
au royaume du Bonhomme
hiver…

Il y a quelque chose qui sonne faux chez lui. Il s'assoit à côté de moi. Assez près pour que je puisse voir les pépites de chocolat dans sa crème glacée. Le voilà qui me sourit de toutes ses fausses dents.

— Tu en veux? me demande-t-il d'un ton bonasse, en me montrant le cornet, pour casser la glace, comme on dit.

— Non merci, que je lui réponds.

Il a des yeux étranges. Des yeux qui me dévorent, comme si j'étais un cornet de crème glacée. Non mais…

— Tes parents sont ici?

— Oui.

Et c'est tout ce que je lui dis. Il n'a pas besoin d'en savoir plus. Mais il ne s'arrête pas là. Je crois qu'il s'ennuie : il veut à tout prix engager la conversation.

— Ils se sont égarés ? Ah ! Ça arrive souvent ici. Les parents sont tellement étourdis de nos jours qu'ils ne voient plus où ils marchent…

Je hausse les épaules sans répondre. Il continue :

— Heureusement que je suis là ! Tu ne pouvais pas mieux tomber. C'est moi le responsable de la salle des parents perdus. Tu veux venir avec moi ?

Non mais… pour qui me prend-il ? Je ne m'appelle pas Marilou, comme ma sœur, pour partir dans les bras de tout le monde, surtout avec le premier venu. D'ailleurs, je ne lui ai que trop parlé. Mais lui, il en rajoute:

— Tes parents m'ont dit qu'ils avaient très hâte de te voir, qu'ils avaient peur et qu'ils t'aimaient beaucoup. Ils s'appellent comment déjà? Doris et Christian?

— C'est Annie et Nicolas…

Je n'aurais pas dû le corriger! C'était une erreur de ma part de lui adresser la parole.

— Oui, c'est ça: Annie et Nicolas. Ils ont même une grosse surprise pour toi. Tu n'as qu'à me suivre.

Avec le regard excité d'un enfant s'apprêtant à déballer un cadeau, il me touche le bras. Si papa était passé à ce moment-là, je me demande ce qui serait arrivé!

Sans plus attendre, je me lève et je me dirige vers un monsieur en uniforme, pas trop loin de moi.

Quand je me retourne pour pointer du doigt l'homme aux yeux étranges, il a disparu.

J'espère que le petit Timothée Tremblay, celui qui est vraiment perdu, n'aura pas affaire à lui!

5

DE BONNES
NOUVELLES

L'homme en uniforme n'est pas un policier, mais un facteur. Il me montre son sac plein de bonnes nouvelles et de bien belles choses. Je lui dis que les miennes sont moins bonnes : mes parents se sont perdus dans le centre commercial et je ne veux pas passer Noël sans eux.

— La meilleure solution, ce serait d'aller voir la dame, là-bas, au kiosque central, près du royaume du père Noël. Elle pourrait demander tes parents au micro.

C'est vrai ça! En plus de bonnes nouvelles, il a plein de bonnes idées et de savoir. Il est cultivé, cet homme de lettres. Je le remercie de mon plus beau sourire et lui promets de toujours coller assez de timbres sur mes cartes de souhaits.

Le cœur vibrant d'espoir, je me rends au kiosque. Comme partout ailleurs, c'est l'éternelle file d'attente. Deux enfants me devancent.

— Bonjour, madame. J'ai perdu mes gants, dit le premier en reniflant.

— Je peux te donner un coup de main, mon garçon, lui répond-elle aimablement.

En entendant ces mots, celui qui est devant moi s'éloigne en vitesse, à ma grande surprise.

— Tu t'en vas déjà?

— Moi, j'ai perdu ma botte et je ne veux pas qu'elle me donne un coup de pied!

Le petit garçon, le premier, ne repart pas les mains vides : il retrouve ses gants dans une boîte que la dame cache dans son kiosque. Elle collectionne les objets perdus par les enfants. Curieuse manie !

C'est à moi.

— Qu'est-ce que je peux faire pour toi, mon grand ?

— Mes parents se sont perdus dans le centre commercial et j'aimerais bien les retrouver. Ma mère sent très bon et mon père a une barbe qui pique, mais je l'aime quand même. Il se promène peut-être avec une pelle sous le bras.

— Quel est ton nom ?

— Timothée Tremblay.

— Ah, je crois qu'ils seront heureux de t'entendre.

Sur ces mots, c'est quand même elle qui parle dans son micro :

« Les parents de Timothée Tremblay sont demandés au kiosque dans l'allée centrale. Je répète…»

Et elle répète exactement les mêmes mots. La musique de *Il est né le divin enfant* prend le relais.

Ça ne va pas! La dame constate dans mon visage que quelque chose me tracasse.

— Pourriez-vous les appeler par leur prénom, Annie et Nicolas? Tout d'un coup qu'il y aurait un autre Timothée Tremblay à la recherche de ses parents.

Je vois à son sourire que ça ne la dérange pas du tout.

« Annie et Nicolas Tremblay, les parents de Timothée, sont demandés au kiosque…»

Et elle le répète plus d'une fois.

Je la remercie et lui souhaite un Joyeux Noël, une Bonne Année et du succès dans ses études. Parce que même si je suis à la recherche de mes parents, je dois être poli.

6

ENFIN !

C'est décidé : cette fois-ci, je demeure dans les parages. Mes parents finiront bien par arriver avant Noël ! Pour passer le temps, j'observe les enfants qui rencontrent le père Noël. La file est longue.

Une fillette est en train de prendre racine sur les genoux du père Noël. Elle lui chante *Les Douze Jours de*

Noël. Elle en est au douzième jour avec «*douze violoneux qui giguaient*».

Elle défile les onze autres jours:

Onze fifres qui jouaient;
dix lords qui sautaient;
neuf dames qui dansaient;
huit bonnes qui trayaient;
sept cygnes qui nageaient;
six oies qui pondaient;
cinq anneaux d'or;
quatre jacasseurs;
trois tourterelles;
deux poulettes et
une perdrix dans un poirier.

Le père Noël sourit, soulagé qu'elle en ait terminé.

— Attends, père Noël, je me suis trompée, reprend la fillette. C'est «*trois poulettes, deux tour-terelles*», pas le contraire. Je dois recommencer au complet…

— Une autre fois, ma petite Car-
men, interrompt le père Noël en la
déposant par terre. Beaucoup d'autres enfants veulent chanter des
chansons au père Noël.

— Je reviendrai demain, pro-
met la fillette.

Le père Noël de l'an prochain
pourrait bien laisser tomber le
« Chante-moi une chanson » et se con-
tenter de « C'est quoi ton nom ? »…

Parmi les enfants qui attendent,
je reconnais des amis de ma classe.
Il y a Félix Navidad, qui a juré devant tous les élèves qu'il ne croyait
plus au père Noël depuis la mater-
nelle. Heureusement que son nom
n'est pas Pinocchio : son nez aurait
bien brisé une ou deux boules dans
le sapin.

— À trois jours de Noël, je n'ai
pas de chance à prendre, mon
Timbit, me glisse-t-il à l'oreille.

Derrière lui, c'est Anthony, celui qui préfère l'Halloween parmi toutes les fêtes de l'année. Il est déguisé en vampire. Il me salue de son sourire armé de deux longues canines.

— Tu as deux mois de retard, lui dis-je, tout en jetant un coup d'œil à la citrouille remplie de bonbons qu'il trimbale avec lui.

— Pas du tout! Je suis le vampire de Noël… Je ne fais pas Ho! Ho! Ho! mais Hi! Hi! Hi! On voit mieux mes dents comme ça.

Il reçoit une joyeuse poussée de Patricia pour lui signaler d'avancer. Elle accompagne sa petite sœur, Élizabeth.

— Comme Élizabeth n'arrive pas à choisir pour sa liste de cadeaux, on préfère montrer le catalogue au père Noël, m'explique-t-elle.

Toutes ces rencontres amicales ne me font pas oublier ma quête. Si mes parents ne répondent pas à l'appel, je lance un avis de recherche avec une récompense promise de… trente-huit sous. C'est tout ce qu'il me reste de mes cinq dollars, à cause des caramels, du restaurant et de la promenade du petit garçon dans l'hélicoptère du père Noël.

Soudain, on prononce mon prénom derrière moi… C'est la voix de ma mère et celle de mon père. Enfin! Jouez hautbois, résonnez musettes!

Ils ont l'air content que je les retrouve. J'espère qu'il ne leur est rien arrivé.

Ma mère m'embrasse et me serre dans ses bras; ça me fait chaud au cœur. Et elle sent tellement bon. Mon père aussi, mais ça pique, à cause de sa barbe. Mais ce

n'est pas grave, je l'aime quand même. Il me montre fièrement sa belle pelle, pas encore usée, avec un gros ruban rouge sur le manche.

Je les tiens par la main. Je ne les lâcherai plus, s'il fallait qu'ils se perdent de nouveau.

J'aurais presque envie de les gronder, de les punir même. Tiens, je les prive de vélo d'ici la fin de l'hiver. Pire encore : je leur interdis de jouer sur mon Nintendo pour une loooongue semaine. Non, ce serait trop cruel. J'ai une meilleure idée : ils devront faire mon lit jusqu'à Noël. Non, ce n'est pas assez. Ils doivent en tirer une bonne leçon. Pour bien comprendre, ils feront mes devoirs jusqu'à l'été !

Mais je préfère attendre un peu. Moi aussi, je suis soulagé de les revoir. Je leur souris, radieux. D'autant plus que je crois deviner dans le sac que tient ma mère, la boîte d'un train électrique…

TABLE DES MATIÈRES

ALAIN M. BERGERON

J'adore Noël! C'est vraiment la plus belle fête de toute l'année. Enfant, je m'amusais à faire le décompte des jours à partir du mois de mars. C'était long attendre jusqu'au 25 décembre. Ça l'est encore… Mais je passe le temps en écoutant des disques de Noël. C'est très rafraîchissant en juillet! Presque autant qu'une limonade. J'aime aussi écrire des contes pour les enfants. Je suis moi-même papa d'un garçon, Alex, et d'une fille, Élizabeth. Alors, vous imaginez le plaisir que j'ai eu à écrire cette histoire! Surtout que j'ai saupoudré ici et là des paroles des chansons de Noël, que vous reconnaîtrez sûrement. N'hésitez pas à les chanter si le cœur vous en dit. Peu importe le moment de l'année ou vous lirez ce livre, je vous souhaite un Joyeux Noël, tiens! Que cette lecture fasse retentir dans votre maison des Ho! Ho! Ho! et des Ha! Ha! Ha!

Collection Sésame

AGMV
MARQUIS
Québec, Canada
1999